황금연어

창작그림동화책 3

황금연어

박성호 지음

도서출판한결

序文

오늘은
기어이
북상
하리라.

강에서 바다로

양양내수면연구소

겨울이 끝나갈 무렵이다.

붉은 앵두 알 같은 연어 알들이 꿈틀거린다.

세상에 나오려면 시간이 그리 오래 걸리지 않을지도 모른다.

아직 수천 개 알들 중, 아주 작고 미세한 보잘 것 없는 붉은 점의 일부분으로밖에 보일 뿐이다.

알 속에서 며칠이 지난 뒤에야 나는 세상을 볼 수 있는 부리부리한 눈이 생겨났다.

내가 태어날 수 있는 곳은 대한민국에 단 세 곳뿐

인 국립내수면 연구소이다. 그 중에서도 냉수성 어류를 연구하고 인공 부화시키는 이곳이 바로, 양양내수면연구소이다.

나의 고향이 되는 셈이다.

이곳은 늘 분주하다.

그 중에서 의사처럼 하얀 가운을 입고 바쁘게 왔다갔다 하는 저 분이 바로 이곳 대장인 함 소장이다.

함 소장은 어찌나 바쁜지 연구소 일보다는 여기저기 명함을 내걸고 인사하러 다니느라고, 연구소에 있는 날보다는 밖에 있는 날이 더 많다.

하지만 요즘 들어 연구소에 붙어있는 날이 부쩍 늘어났다.

뭐랄까(?), 우리 연어 알을 인공 부화하여 양양 남대천 강으로 방생해야 할 일이 한 달여 정도 남아있기 때문이다.

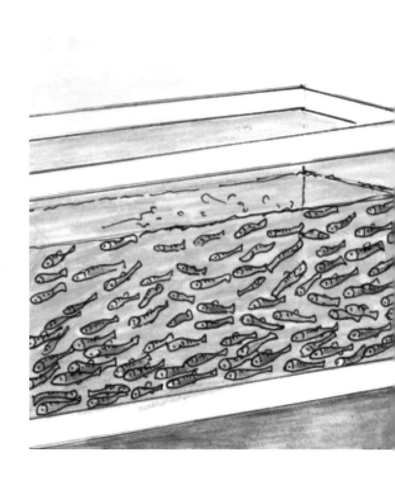

함 소장만큼이나 연어에 대해서 많이 아는 사람은
없다.

이때쯤 되면 늘 우리 연어를 위해서 모든 약속을
늦봄으로 미룬다.

오늘도 연구소 안에서 밤을 지새우며 우리를 돌보
고 있다.

함 소장이 우리 앞으로 다가와서 말했다.

"너희는 바다로 간다. 바다로 말이다."

나는 함 소장의 '바다' 라는 말을 또렷하게 들었다.

함 소장이 깊은 생각에 잠긴 듯 한참 동안이나 눈
을 감았다가 뜨고 나서는 다시 힘차게 말했다.

"우리는 세계적으로 유일하게 남아있는 분단 국가
이다. 무려 반세기가 지나갔다. 내 꿈은 그 분단의 냉
전 속 접경지 비무장지대(DMZ) 강줄기에 새 생명을

잉태시키는 일이다. 바로 너희들 연어의 몫이다. 그곳이 어머니 품처럼 따뜻한 강이 되었으면 하는 바람이다. 너희는 자유와 평화의 상징으로 바다로 갔다가 다시 강으로 되돌아오는 회귀어로 새 모천어가 탄생하는 것이다. 저 비무장지대를 자유롭게 넘나들며……, 난 아직도 그 때를 생생히 기억한다. 부럽기도 했다. 1990년 10월 3일, 40여 년에 걸친 분단 국가였던 독일의 베를린 장벽이 무너지던 날, 텔레비전으로 전 세계에 생방송 되는 레너드 번스타인 지휘로 루트비히 판 베토벤 제9번 교향곡 「합창」이 통일 곡으로 전 세계에 울려퍼지는 순간, 난 눈물이 핑 돌았다."

이런 말씀을 한 지 며칠이 지난 뒤, 앞에서 말한 이야기와 함께 ○○일간 신문에 대문짝만 한 크기로 함 소장 사진이 나왔다.

우리들 중 함 소장 소원이 될 연어가 틀림없이 있을 것이다.

60일만에 부화

우리가 채란되어서 수정되기까지 60일이 지났다.

드디어 치어로 태어났다.

아주 거대한 푸른 수족관 안에서 수천 마리의 작은
치어로 살아서 꿈틀거리기 시작했다.

우리는 아직 어린 치어다.
복부에 한 달 간 영양분 흡수를 위한 노른자 주머

니, 일명 '난항'을 달고 태어났다.

이 거대한 푸른 수족관 안은 비릿한 강물 냄새로
가득하다.
간혹 떠들어대는 연구원 소리로는 우리 옆 거대한
수족관 안에서 철갑상어가 양식되고 있다.

철 . 갑 . 상 . 어……,
철 . 갑 . 상 . 어……,

한번쯤 만나보고 싶다는 생각이 불현듯 스쳐지나
갔다.

1호차, 2호차

　태어난 지 2주 정도 지나자 커다란 물탱크 트럭 2
대가 연구소로 들어왔다.
　분주하게 우리를 그 물탱크 트럭 안에 나누어 실었
다.

　함 소장이 말했다.
　"1호차는 양양 남대천 강으로 출발, 2호차는 비무
장지대로 간다."
　함 소장은 2호차를 탔다.

'비무장지대로⋯⋯, 저들을 다시 만날 수 있을는
지 모르겠다.'
　혼자 생각했다.

　나는 1호차를 탔다.

　양양내수면연구소에서 남대천 강으로 옮겨졌다.
　이제부터 우리는 바다에서 강으로 되돌아 올 수 있
도록 적응 훈련을 시작했다.
　그것은 남대천 강물 내음에 익숙해지도록 하는 것
이다.

　물탱크 수문이 열리자마자 우리는 와르르 쏟아져
이리저리 흩어졌다 모였다.
　마침 강가에 송사리 떼가 모였다 흩어지는 것처럼,

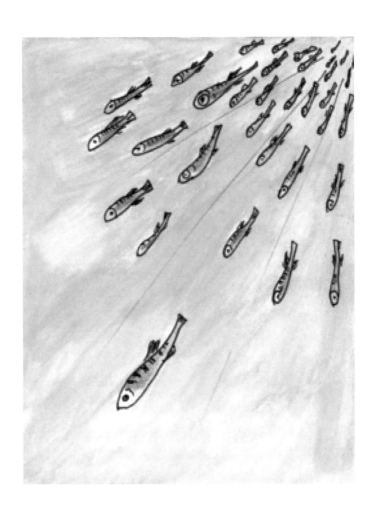

처음 만난 비릿한 남대천 강물 냄새, 토악질을 할
것 같아 숨을 깊이 몰아 단전호흡을 했다.

　　이렇게 해서 처음 남대천 강물을 만났다.

　　비릿한 강물 냄새……,

남대천 강

처음 맞이하는 남대천 강은 고요한 아침 같다.
　아름다운 황금빛 물살이 온몸이 맑은 핏물로 젖어
드는 듯했다.

　수면 위로 껌벅껌벅 눈뜨고 바라보는 바깥세상 신
선한 물방울처럼 떠올랐다.

　아침 햇살이 나의 등지느러미에 은빛으로 반짝거
리며,

‘이 강물에서 너의 꿈이 자라고 있어(?).’
속삭이는 듯 들려왔다.

그 순간 물방울 같은 맑은 유리구슬이 눈가에 맺혔다.

초롱초롱 별빛처럼 빛나는 눈물은 살아있다. – 는 따뜻한 느낌을 간직하고, 많은 연어 무리 속에서 빠져 나왔다.

‘어디로 가볼까?’

이런 저런 생각을 곰곰이 할 즈음에, 아직 입도 없는 내가 무슨 말을 할 수 있을까? 하는 생각이 들었다.

천천히 헤엄을 치며 영양분 흡수를 위한 노른자 주머니를 달고 새로운 세상에 대한 호기심 가득 품고 힘찬 꼬리지느러미를 흔들 때마다 온몸에 다다른 따뜻한 생명의 은빛 물빛.

그것은 조용한 음악의 선율처럼 짜릿했다.

강에서 새 친구를 만나고 싶은 욕구가 솟구치고 있었다.

"빠각 빠각, 빠각 빠각"

어디선가 "빠각 빠각"소리가 들린다.

"빠각 빠각, 빠각 빠각"
소리가 계속해서 들려오는 곳으로 꼬리지느러미를
흔들며 가만히 수초 숲에 숨어서 엿보았다.

가슴지느러미에는 톱니가 달린 날카롭고 단단한
가시가 있다.
몸은 황색 바탕에 암갈색의 큰 얼룩무늬가 있으며
꼬리지느러미는 깊게 파여 있다.
산란기는 5월부터 7월이며, 가슴지느러미를 이용
하여 진흙을 파내고 산란장을 만들어 알을 낳으면 수
컷이 알을 지킨다.

그 놈의 입수염은 네 쌍이다.
가장 긴 위턱에 당당하게 달린 수염이 물살에 흔들
리며 멋있어 보였다.

그놈에게 가까이 다가갈 수는 없었다.

낮에는 숨고 밤에만 활동하는 육식성 빠가사리, 동자개였다.

'아이 눈망울 같이 맑다.'고 해서 붙여진 이름이다.

낚시꾼은 저놈을 '빠가사리'라고 부른다.

가슴지느러미를 뒤로 젖히면서 '빠각 빠각' 소리를 내며 등지느러미에 있는 독가시를 곧추 세우고 쏘기도 한다.

빠가사리는 돌 틈 속에서 조용히 밤을 기다리고 있다.

나를 발견하지 못한 듯하다.

그놈이 감았던 눈을 뜨고 가슴지느러미를 바짝 세우는 순간,

움찔했다.

나는 온몸을 부르르 떨며 재빠르게 뒤꽁무니치며 달아났다.

등 쪽으로 식은땀이 강물처럼 흐르는 것 같았다.

3초 대가리 붕어 아주머니

어린 연어 무리들을 찾으려고 강어귀로 올라가고 있었다.

무엇인지(?) 긴 그림자가 물속과 물위에서 첨벙거리고 있다.

두려웠다.

재빠르게 돌 틈으로 숨었다.

돌 틈에서 첨벙거리는 정체가 무엇인지(?), 알 수 없었다.

한참 동안 첨벙거리는 긴 물체에서 아름다운 은빛

비늘이 햇살처럼 반짝여오던 물고기가

세상은 요지경 요지경 속이다
잘난 고기는 잘난 대로 살고
못난 고기는 못난 대로 산다
야야 고기들아 내 말 좀 들어라
여기도 바늘 저기도 바늘
낚시 바늘이 판친다.[1]

콧노래를 부르며, 내 앞으로 지나간다.

붕어 아주머니였다.

무엇이든 3초만 기억해 내는 붕어 아주머니에 관한 소문은 남대천 강물에 사는 모든 생명체는 알고 있다.

매일 같이 낚시꾼이 던져 놓은 낚시 바늘을 문다는 것이다.

---

1) '세상은 요지경' 노래를 개사하여 표현한 내용이다.

"난, 말이야! 낚시 바늘에 춤을 추고 있는 지렁이
가 너무 좋아, 그래서 매일 낚시 바늘을 물지."

3초 대가리 붕어 아주머니는 낚시꾼이 철수할 때
까지 하루에도 낚시 바늘을 열 번 이상 물었다 놓았
다 한다.
입술은 찢기어져 아물지 않은 상처가 있다.

그녀는 이 강에서 낚시꾼과 지렁이 사이에서 팔십
년 넘게 입씨름을 하고 있다.

남대천 강의 산증인이다.
강에 관련된 많은 이야기를 여쭈어 보고 싶었지만,
입이 없는 내가 무슨 말을 할 수 있을까?

아직도 입이 생기려면 얼마나 더 기다려야 할지
(?), 힐끔 노른자 주머니를 쳐다보며……,

두 개의 해

　모든 세상이 짙은 어둠으로 잠기는 밤이 오고 있
다.
　그런데 믿기 어려운 사실 하나를 발견했다.
　해가 두 개였다는 사실을 내 눈으로 확인하는 순간
이다.

　하나의 해는 저 건너편 산으로 뉘엿뉘엿 붉은 노을
을 물들이며 사라져 가고, 또 다른 해는 강물에 잠기
어 어디로 숨어버리는 것이다.

'나는 강물 속에 숨은 해를 꼭 찾아보리라.'
이렇게 생각하고는 하늘을 바라보았다.

어린 연어들의 죽음

맑은 별들이 아름답게 자신의 빛을 내뿜는 밤하늘
은 너무나 맑았다.

한참 동안 바라본 별들 중 북쪽 하늘에 있는 하나
의 별빛만 점점 빛을 잃어가더니, 환한 불덩어리로 타
면서 떨어지고 있는 것을 발견했다.

별똥별이 떨어지는 것이다.

물고기 나라에서도 별똥별이 지면 누군가 이 세상

을 떠나는 것으로 알고 있었기에……, 처음으로 죽음 같은 불길한 예감이 들었다.

두려움도 느꼈다.

처음으로 밖의 세상에서 느낀 두려움 때문에 내 심장 박동 소리가 쉴 새 없이 커져만 갔다.

친구들이 모여있는 곳으로 아주 빠르게 있는 힘을 다하여 돌아왔다.

돌아와 보니 친구들은 친구들을 잃은 슬픔 때문에 말이 없었다.

기나 긴 침묵만이 오래도록 흘렀다.

다른 친구는 아예 바위틈에 숨어서 숨죽이며 부르르 떨고 있었다.

아주 힘겹게 살아남은 친한 친구마저 애꾸눈이 됐다.

아직 말을 하지 못하는 나는, 애꾸눈 연어의 몸짓, 팬터마임을 보면서 댕기물떼새 먹이로 많은 친구들이 하늘나라로 떠났다는 사실을 알았다.

우리 모두 하늘나라로 간 친구들 영혼을 위하여 하늘을 바라보며 그렁그렁 눈물방울만 흘렸다.

우리가 흘린 눈물방울이 죽은 친구들을 싣고 어디로 머나 먼 여행을 떠나는 듯, 에메랄드빛 물방울이 되어 저 먼 하늘나라로 치솟아 올라 반짝반짝 빛나는 이슬 같았다.

오늘 따라 흐르는 물살이 가브리엘 포레「레퀴엠」 음악처럼, 아주 장엄하면서 고요한 물결로 울려오는 듯했다.

아직 저 먼 곳에서 환하게 타는 별똥별이 오늘밤을 지켜주는 듯했다.

슬픔 때문에 잠을 잘 수가 없었다.
살아있음으로, 머나 먼 여행을 떠난 많은 친구들의

맑은 영혼이 우리들 마음 안에 더 빛나는 건지 모르겠다.

영원한 별빛으로 남아있길 간절하게 바랐다.

다시 수면 위로 떠올랐다.

떠나간 맑은 영혼들 별자리가 다시 보고 싶어서였다.

그들 모두 이름 없는 떠돌이별이 되어서 북쪽 하늘로 사라져가는 것처럼 느껴져왔다.

불현듯 나의 머릿속으로 새가 날아간 것처럼 온몸이 부르르 떨렸다.

새들아, 날개를 펴고 강으로 날아올 때마다 삶에 대한 미지의 세계를 꿈꾸고 있는 우리는 너무나도 슬프단다.

항상 두려움에 떨고 있음을, 그리고 생존의 먹이사슬에서 처음으로 생명의 따뜻한 피가 온몸에 돌고 있다는 것을……,

강한 힘이 솟아났다.

나는 이 강에 평화와 사랑이 있기를 간절히 기도했다.

바다는 어디에

무엇인가 잊고 살았다는 기분이 들었다.

살결마다 스며오는 이 강 물살마저 다시 돌아올 땐 느낄 수 없다는 것을 깨달았다.

그저 흐르고 흘러가는 강물이 아니라, 함 소장이 말했듯이 이 강물 냄새를 바다에서 다시 느낄 수 있을지 모른다는 생각이 들었다.

물살이 빠르게 흘러갈 때마다, 나는 강줄기 반대로 헤엄을 치며 이 강물의 이야기를 들으려고 애썼다.

'넌, 왜 바다로 가니?'
강물에게 대답하지 못하고 나는 되물었다.

'바다는 어디에 있니?'
강물에게 물었다.

그 역시 대답은 '우리도 몰라, 하지만 바다는 네 마음속에 있잖니?' 말하는 듯했다.

처음 두려움 같은 것이 강물로 씻겨 가는 듯 마음의 평온을 찾았다.

그러면서 내 머릿속으로는 꿈꾸고 있는 다른 세상에 대한 그리움이 애틋하게 피어나고 있었다.

어머니와 아버지?

아주 늦도록 잠들지 못한 깊은 밤이다.

어둠이 하얀 달빛 속에 젖어 강으로, 강으로 흘러가고 있는 듯 내 마음 속 평화로움을 간직하다 잠들었다.

깊은 잠에서 깨어났다.

이렇게 달콤한 잠은 처음이다.

은빛 햇살이 강물 위로 내린 지 이미 오래다.

애꾸눈 연어가 자갈돌 틈 속에 있는 내게로 왔다.

그리고 이 말 한 마디를 툭 내뱉었다.

"우리를 낳아주신 어머니와 아버지는 누굴까?"

갑작스런 질문에 대답을 하지 못하고 곰곰이 생각해 봤다.

'어머니와 아버지???,'

함 소장이 이 강물이 우리의 '어머니'라고 말했던 기억을 떠올리며, 그럼 아버지는 누구지(?).

나는 아버지를 생각했다.

애꾸눈과 서로 눈만 멀뚱멀뚱 쳐다보기만 했다.

오후의 하늘이 흐려졌다.

봄비가 내리기 시작했다.

눈과 함께, 진눈깨비가 내리는 것이다.

자갈돌 틈 속에서 물방울이 잔잔히 생겼다가 사라질 때 나는 영혼의 눈물이 생각났다.

그리고 하얀 눈은 새 깃털 같았다.

새떼 공격을 받고 이미 우리 곁을 떠난 친구들, 그들 영혼이 새가 되어 나의 가슴속에서 다시 살아나는 작은 희망의 씨앗처럼 느꼈다.

잔잔한 빗방울 소리가 강물에서 '퐁퐁' 울리며 나의 꼬리지느러미를 흔들다가 어디로 사라져 갈 때마다, 물방울은 쇼팽의 피아노 전주곡 「빗방울」 음악을 들려주는 것 같았다.

빗방울은 음악이 되어 갑자기 왜(?) 고독 같은 외로움을 느꼈는지 알 수 없었다.

순간 봄바람과 함께 오는 낯선 거대한 물결에 이끌려 들려오는 소리,
'외로움은 곧 그리움을 낳는 거야. 그리움은 슬픔인 거야. 슬픔은 오랜 기억 속에 행복으로 남는 거야.'

나는 꼼짝없이 자갈돌 틈새에서 명상에 잠겼다.

진눈깨비 그친 다음 날 강은 물안개로 가득했다가 이내 어디로 사라졌다.

하얀 새떼들처럼 흘러가는 구름 사이로 얼굴을 내민 햇볕이 수면 위로 잠겨서 반짝반짝 빛나는 하늘은 유리알 같았다.

구름은 강물에 잠겨서 어디로 흘러가는 것인지? 하늘도 맑은 강이 되어 잠든 영혼이 헤엄치는 것 같았다.

나는 하천 상류로 헤엄 치며 채 녹지 않은 겨울나무 잔설이 죽은 영혼이 흘린 은빛 눈물로 보였다.

그 잔설에서 내뿜는 빛은 내 눈동자에 맑고 따뜻한 핏기로 맴돌았다.

강어귀에 한가롭게 어린 참새가 물을 쪼아 먹으며 목마름을 달래고 있었다.

어린 참새를 바라보며 처음으로 새에 대한 두려움 같은 것을 조금이나마 잊을 수가 있었다.

내 아가미가 슬슬 간지럼을 타다가 사나흘 지나면 입이 생겨나서 말을 할 수 있으리.

낯선 사내

며칠째 한 낯선 사내가 찾아오기 시작했다.

강둑에 앉아서 강물처럼 맑은 깡소주를 마시며 고독 줍기를 하고 있는 듯했다.

그의 옆에는 '새우깡'이라 적힌 과자 봉지가 놓여 있다.

간혹 '새우깡' 부스러기를 강물에 뿌리면, 작은 송사리 떼가 흩졌다가 다시 모여 '새우깡'의 맛을 탐미하고 있다.

물에 젖어 흘러온 긴 새우깡을 덥썩 입에 물었다.

새우 향이 가득한 새우깡, 낚시꾼 미끼의 새우 맛 같
았다.

낯선 사내를 유심히 바라보았다.
눈동자는 슬픔으로 고여 있는 듯했다.
틀림없이 낯선 사내는 어떤 아픔으로 인하여 슬픔
을 간직하고 있는 느낌이다.
내가 처음 새떼 공격으로 잃은 친구들에 대한 슬픔
을 간직한 것처럼,
낯선 사내는 하늘만 바라보고 있었다.
가슴속으로 채 마르지 않은 이슬 같은 물방울만 촉
촉하게 스며드는 것을 난 느낄 수 있었다.
그의 마음 속 고인 눈물도 소금인데 바다가 될 수
없다는 것이 안타까웠다.
그의 눈물이 곧 빛과 소금이길 간절히 바랐다.
낯선 사내를 바라보며 인간은 사랑이란 아름다운
말을 간직하고도 왜 한쪽 가슴속으로 이별이란 슬픔

을 품고 고뇌하고 있는지를 정말 알 수 없었다.

'사랑과 이별, 그것이 뭐(?)길래.'

낯선 사내는 사랑을 잃어버린 것이 아닐까? 하는 생각이 들었다.

우리야 종족번식 본능에서 수천 수만 개 알을 이 강에 다시 돌아와 모래바닥에 산란을 하든지 아니면 양양내수면연구소에서 인공으로 산란을 하면 그만이고, 그것이 바로 우리 생의 마감인데……

하지만, 난 바다에서 되돌아와 그냥 산란하지는 않을 것이다.

진정 사랑하는 연어를 만나서 함께 이 강 모래바닥에 우리의 작은 흔적을 남겨놓을 것이다.

저 너머 하늘에 노을빛이 물결처럼 흔들린다.

'사랑한다, 사랑한다.' 라고 출렁거리듯 했다.

낯선 사내에게도 잃어버린 사랑을 아픈 기억으로 간직하지 않기를 바라면서……, 강에는 사랑, 이별, 이별, 사랑 ……, 이란 말이 흘러가는 것 같았다.

상쾌한 아침이다.

잔잔한 바람, 맑고 투명한 햇살, 하얀 손수건 같이 흘러가는 구름들, 청아한 새소리, 겨울 지나 봄을 기다리는 나무와 꽃들, 진정 꿈꾸었던 이 세상 존재하는 그 모든 것이 눈부시게 아름다운 순간이다.

강물을 헤엄칠 때마다 동그란 물방울을 뽀글뽀글 그리며 솟아오르는 내 한 몸, 진정 깨어있는 따뜻한 생명처럼 느꼈다.

며칠 전부터 내 아가미가 슬슬 간지러워지면서 아파오기 시작했다.

입이 생기다

갑자기 '바다' 라는 말이 툭 튀어나왔다.

우
오
이
에
아 아
아

아
아
아
아,

드디어 입이 생겼다.

태어나서 내가 눈뜬 후, 이렇게 소리를 질러보기는
처음이다.

나는 너무 하고 싶은 말이 많았다.
하지만 무슨 말을 해야 할지 막막했다.
갑자기 꼬리지느러미를 물끄러미 쳐다보았다.
함 소장이 우리들 꼬리지느러미에 하나, 하나씩 달
아주었던 명찰, 그곳에 새겨진 '양양내수면연구소 양
양군 강원도 대한민국' 글자가 낯설은 이국어와 함께
또렷하게 보였다.

남대천 강에 우리를 방류하며 했던 말이 떠올랐다.

'너흰 자랑스러운 대한민국 물고기로 태어났어. 나는 너희들의 회귀 본능을 연구하고자 해. 단 한 마리도 낙오됨 없이 다시금 이 강에서 만날 수 있도록……,'

그 말이 떠올랐다.

'난, 너희를 사랑한다. 내 자식처럼 말이다'

이 말을 남기고 함 소장이 물탱크 제2호차를 몰고 비무장지대로 떠났던 기억이 새록새록 살아났다.

인간들이야, 우리가 회귀해서 낳을 수천 개 알과 우리들의 회귀에 관한 가설 ─ 저놈은 틀림없이 후각에 의한 물 냄새 기억으로 되돌아온다는 것, 가설을 세워놓고 입증하면 그만이겠지만, 내 생각은 전혀 달랐다.

어떠한 본능도, 후각에 의한 물 냄새도 아닌 어머니

와 아버지가 여기에서 살았었기에 되돌아오는 것이다.

인간이 살아있든 죽었든 항상 고향을 품었듯이, 우리도 언젠가 고향으로 되돌아가고 싶기 때문이라고 생각했다.

새는 날아서 고향으로 돌아가고, 여우는 죽으면 머리를 언덕으로 향한다.(조비반고향혜鳥飛反故鄕兮, 호사필수구狐死必首丘.)고 했다.[1]

나도 인간들 실험에 한낱 소모품으로 희생되는 '회귀성 어류'는 아닐까? 이런 생각이 들었다.

'난 이 강으로 되돌아오지 않을 거야?'
부르르 떨며 입을 꽉 다물었다.

---

1)굴원屈原의 애영哀郢이란 시에서 나오는 글.

하지만 강물은 '너희는 한낱 소모품에 불과하다'
비웃듯이 흘러가는 것처럼 느꼈다.
햇살마저 고독해 보이는 오후, 아련히 떠오르는
'바다' 라는 꿈결이 잔잔히 울려왔다.

바다!
바다는 어디에 있는 것일까?
이러한 생각들이 머릿속에 가득 찼다.

낯선 사내의 눈물

강어귀에는 며칠 전 찾아왔던 슬픔을 간직한 낯선 사내가 앉아 있었다.

나는 그에게로 가서 말을 건네기로 작정했다. 요동치는 심장을 진정시키면서 말이다.

"아저씨, 아저씨, **아**…**저**…**씨**?"

하고 불러 보았다.

낯선 사내는 아직도 슬픔이 가득한 눈빛으로 머뭇거리면서 어디서 들려오는 소리인지 찾는 듯했다. 그

러더니 일어서서 물속을 들여다보고는

"네가 말했니?"

"네, 저는 연어라고 해요. 그런데 아저씨는 왜 자꾸만 슬픈 얼굴빛으로 이 강에 오시죠?"

그 낯선 사내는 물고기가 말을 한다는 것이 신기했는지 눈을 부벼대며 한동안 아무런 말도 없이 나만 바라보았다.

'물고기가 말을 하다니?'

혼잣말을 하다가 이윽고 고개를 숙인 채 있다가는 나지막한 소리로 말했다.

　　　나의 사랑은
　　　이 강 따라 어디로 흘러갔는지
　　　알 수 없지만

　　　아무도 모르게 두고 온
　　　내 사랑이 있다네

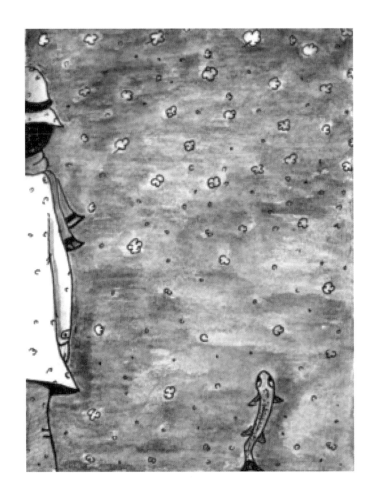

내 가슴 속
물빛으로 울고 있다네

내게 소중했던 사랑하는 소녀는
하얀 풀꽃 날리는 겨울을
사랑했다네

때론 꽃이 되고 싶어서
남몰래 이 땅에 사뿐히 사뿐히
내려앉아
하얗게 하얗게 소리 죽여
울고 있다네

지금, 이 강 어딘가에
꽃 피어 있는지
알 수는 없지만
매일 밤낮

그대의 함초롬히 젖은 눈물
가슴 속
향기로운 꽃으로 젖고 있다네

이 강에는
사랑하는 내 소녀의 눈동자 같은
햇살,
가득한 사랑만
흘러가고 있다네

그녀의 사랑만은 잊을 수 없다네
내 가슴 속
영원히 살아 있다네

낯선 사내는 말없이 시 한 편을 내게 들려 주었다.

그리고 낯선 사내는 등을 돌려서 강둑을 힘없이 걸

어가고 있었다.

그가 남긴 자리에는 '새우깡' 봉지가 갈대와 함께 흔들리고 있었다.

시 한 편이 슬픈 사랑의 전설로 남아 흘러가는 듯했다.

어느 덧, 강은 황금빛 물결로 더욱 더 아름다운 사랑의 빛깔로 속삭여 오듯 울려오고 내 눈가에 이슬 같은 눈망울이 맺혀 사금파리로 빛나고 있었다.

낯선 사내와 헤어진 뒤 돌아오는 물길의 수면이 오늘 따라 내 마음을 더욱 무겁게 했다.

내 눈가에 맺힌 작은 물방울이 자꾸만 흘려 내렸다.

아, 인간들 세상에도 아름다운 사랑이 있구나!

나는 몰래 숨겨둔 수초일기장에 낯선 사내의 슬프

고도 따뜻한 사랑 이야기를 적어 놓았다.

물결에 떨리는 수초.

그것은 소녀가 살아서 움직이는 것 같았다.
푸른 물빛으로 물방울을 매달아 둔 수초 이파리가
흔들릴 때마다, 강물은 수를 놓은 듯이 물방을 꽃으
로 가득히 피어서 낯선 사내 마음 속 깊이 맺히는 듯
했다.

나는 애꾸눈과 함께 다시 수면 위로 떠올랐다.
함께 지는 노을을 바라보는데 애꾸눈이 수초 피리
로 슈베르트「죽음과 소녀」를 들려주었다.
눈가에 작은 눈망울이 붉게 젖어들었다.

오늘밤에는 낯선 사내의 맑은 눈빛이 몹시 그립다.

왕따

내 몸이 이상하게 변하기 시작했다.

보통 우리 치어가 크면서 생기는 팔마아크 무늬 반점들이 아니라, 팔마아크 점들이 이상한 색깔로 변하기 시작한 것이다.

그것도 누런 황금색으로, 혹시 내 몸에 이상이 생긴 것은 아닐까? 하는 생각이 들었지만 어디 아픈 구석이라고는 한군데도 없다.

다른 연어들이 나를 이상하게 노려보기 시작했다.

'쟤, 우리와 같은 연어가 아닌 것 같다. 그런데 생

김새는 우리랑 똑같은데 말이다.'

　내 몸이 자꾸 이상하게 변화할 때마다 친구들이 내 곁에서 멀어지기 시작했다.

　또 다른 동료는 나에게로 와서 '툭툭' 치고 가기도 하고, 입속에 모래를 머금고와서는 내 얼굴을 향해 뱉기도 했다.

　내 종족에게 왕따를 당하고 있는 외톨박이 신세가 됐다. 그래도 내 유일한 친구 애꾸눈만은 그렇지 않았다.

　어느 날, 애꾸눈이 자갈돌 연단에 서서 많은 동료들한테 한 마디 했다.

　"우리 종족인 친구를 괴롭히는 것은 나쁜 짓이다. 오늘부터 이 친구를 '황금연어' 라고 부르자. 혹시 우리의 지도자일지도 모른다."

　애꾸눈이 '황금연어' 라고 말하자 모두들 웅성웅성거렸다.

나도 그 소리에 깜짝 놀랐지만, 애꾸눈은 계속해서 말했다.

'지도자' 라는 말에 이어서 여기 있는 '황금연어' 가 바다로 가는 길을 알고 있을 것이다.

난 바다로 가는 길을 전혀 모르는데, 모여 있던 동료가 눈빛을 바라보면서

"정말 바다로 가는 길을 아느냐?"

고 묻는 것이다.

난 대답을 하지 않고 고개만 끄덕였다.

그러자 '와, 와, 와' 하는 함성과 함께 나를 보는 눈빛들이 달라졌다.

난 조금은 두려웠지만, 그래도 정말 나를 위한 용기 있는 친구가 있다는 생각에 자신감이 생겨났다.

마음속으로 말했다.

'고맙다, 애꾸눈.'

이런 일이 있은 후로 난 '황금연어' 가 되었고, 나를 외면했던 친구들이 친절하게 대해 주었다.

아이들

많은 시간이 이 강물과 함께 흘러갔다.

바다로 가기 위한 준비를 해야 한다.

언제쯤 이 강을 떠나 바다로 갈 수 있을지 아직도
모르겠다.

오늘은 혼자서 이 강 상류로 가고 싶었다.

내가 강 상류 쪽으로 헤엄을 치며 올라가고 있을
때였다.

남대천 강 주변에 살고 있는 아이들이 아직 풀리지

도 않은 은빛 살얼음에 돌팔매질을 하고 있다.

'얘들아, 너희가 장난삼아 던지는 돌에 우리 물고기들은 얼마나 마음 졸이며 사는지, 아니?'

아니면 어떤 사내아이들은 바지를 내리깔고 오줌 누는 시합을 하기도 했다.

누가 흐르는 강물로 멀리 쏘느냐는 것이었다.

그들이 쏘아대는 오줌은 참 따뜻했다.

처음으로 느껴보는 온기, 그래서 아이들 마음이 따뜻한지도 모른다.

간혹 던지는 돌팔매질도 아이들의 따뜻함일 거다.

이렇게 혼잣말로 뽀글뽀글 솟아오르는 물방울을 톡톡 터뜨리고 있을 때였다.

커다란 돌 틈에서 등껍질이 단단하고 이상하게 생긴 벌레 하나가 '툭' 하고 튀어나왔다.

깜짝 놀란 나는 불안해서 떨고 있었다.

갑자기 고요하게 밀려오는 어둠 같은 것을 느끼며,

부르르 떨리는 몸으로 돌 틈에서 나온 이상하게 생긴 벌레를 엿보았다.

정말 누구인지(?) 알 수가 없었고 난생 처음 보는 생명체였다.

세상에 태어나서 단 한 번도 보지 못한 벌레는 초연한 자세로 물줄기를 타고 파드득 떨고 있는 딱지날개 같은 것을 폈다가 오므리다, 하면서 점점 나에게 다가오고 있었다.

순간 돌 틈으로 재빠르게 숨바꼭질하듯 숨어버렸다.

돌 틈에서 처음 보는 벌레를 관찰하면서 벌벌 떨고 있는 나의 두 눈망울이 점점 더 커졌다.

이상한 벌레의 몸은 엷은 녹색을 띤 흑색의 장타원형 모양으로 등면에 투명한 광채의 빛을 내뿜었다. 물결에 흔들리는 더듬이, 아랫입술 수염과 하얀 턱수염을 어루만지며 다가오는 폭이 넓은 황갈색 무늬의 딱

지날개를 지닌 이상한 벌레, '파드득 파드득' 딱지날
개를 몇 번이고 털면서 다가왔다.

물방개 할아버지

"얘, 아가야! 이리 나오너라."

"……."

그 이상한 벌레 주변에 무지갯빛 물비늘이 일렁거리는데, 이상한 벌레가 말했다.

"난, 이 세상에 유일하게 살아있는 물방개다. 예전에는 작은 호수나 연못, 혹은 물이 있는 논이나 개울가 같은 곳에서 살았었다. 언제부터인지는 몰라도 인간이 버린 더러운 물과 농약에 차츰 깨끗했던 물이 썩어가면서부터 우리 친구들은 알 수 없는 병을 앓다가는 죽어갔다."

나는 이상하게 생긴 물방개란 벌레가 두려워서 아무 말도 할 수가 없었다.

이상한 물방개 벌레가 계속해서 말했다.

"그래서 이 강으로 오게 됐다. 이젠 나도 늙었고, 얼마 안 있으면 이 세상과는 마지막이 될지도 모르겠다. 벌써 이 강에서 오십 년이란 세월을 흐르는 강물과 함께 했는데……,"

이상한 물방개 벌레가 보일 듯 말 듯한 하늘을 향해 올려다보면서 두 눈을 감았다.

"처음 이 곳으로 이사를 해서는……, 강물에 적응하며 살기가 무척이나 힘들었다. 아아, 그렇게 무서워할 것은 없다. 아가 물고기야, 이리 나와도 돼."

이상한 물방개 벌레가 빤히 나를 쳐다보면서 말했

다.

"넌 어디서 왔니?"

슬그머니 눈치를 살피면서 나오던 연어가 아직 불안한 듯 두려움이 가득찬 소리로 떠듬떠듬 말했다.

"연, 연어라고 해요. 어린 황금연이!"

"어린 황금연어?…… 그래, 어디에 살지?"

"저 아래쪽 강에서 살아요. 언젠가는 이 강을 떠나 바다로 가야 하기에……, 그래서 이 곳 저 곳 보고 싶은 ……, 호기심도 많아서요."

"그래, 그래, 그래. …… 하지만 언젠가는 네가 떠났던 곳으로부터 다시 이곳 강으로 되돌아오게 되어 있다. 예전에도 너와 같은 생각을 가진 연어가 있었는데……,"

"저와 같은 생각을 하는 연어가 있었다고…… 요?"

고개만 끄덕이던 물방개 할아버지는 한참 동안 어린 황금연어를 살펴보더니,

"그도 너와 같은 황금빛 무늬가 있었던 것 같다. 생

각도 같고, 어쩌면 너의 아버지일지도 모르겠다는 생각이 든다만……,"

"아버지요?"

나는 영원히 만날 수 없는 아버지를 생각하면서, 불현듯 뭉클해지는 것이 '핑' 눈물이 나올 것만 같았다.

"그도 너와 똑같은 말을 했었다. 그러나 그는 지난해 가을, 삼 년만에 바다에서 강으로 되돌아왔다. 그리고 나를 다시 만났다. 마지막 인사를 하고, 모래바닥에 너희들을 낳을 수천 개의 알들을 산란하려고 했지만, 연어 포획자에게 붙잡혀 양양내수면연구소로 갔다는 이야기를 들었다. 어머니와 함께……,"

"……, ……."

"안타깝게도 말이지. 네 아버지일지도 모른다는 연어도 너처럼 강을 떠나 바다로 가고 다시 되돌아오면 꼭 이 강 모래바닥에 알을 낳고 죽겠다고 했는

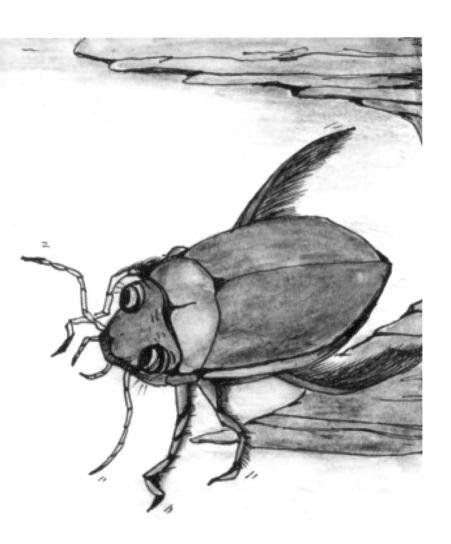

데……, 그 뜻을 이루지는 못했지."

물방개 할아버지는 한참동안 '파드득 파드득[날
개를 떨다가 조용히 말했다.
"연어의 운명, 다시 고향 강으로 되돌아와서 모래
바닥에 산란하고, 제 몸뚱이 강에 주는 거지. 아니면
새의 먹이로, 이를테면 천장이지. 자연이 순환하는 것
처럼 말이다."

이상한 물방개 벌레로부터 듣는 이야기에 호기심
이 생겨나기 시작하면서 좀 전에 있었던 두려움이 한
순간에 사라져 버렸다.
"앞으로 물방개 할아버지라고 불러도 돼요?"
물방개 할아버지는 고개만 끄덕일 뿐 아무런 말씀
이 없었다. 잠시 후에 감았던 눈을 뜨면서 다정한 말
로 말했다.
"어두워지기 시작하는구나. 자-, 그럼 이제 그만

돌아가거라. 밤에 돌아다니는 물길은 아주 위험하다."

걱정하듯이 말씀을 끝내시고는 조금전에 나왔던 돌 틈으로 다시 사라지시는 할아버지 등 뒤로 큰소리로 말했다.

"물방개 할아버지. 내일 또 올게요."

꾸벅 인사를 하고 꼬리지느러미를 흔들며 집으로 향하여 돌아갔다.

캄캄한 고요 속에 간혹 강가에서 내비치는 밤낚시꾼 손전등 불빛이 물 속 깊게 스며들었다.

집으로 돌아온 나는 아버지에 대해 곰곰이 생각했다.

한 번도 보지 못했던 아버지, 결코 영원히 만날 수 없는 아버지를 생각하며, 모든 연어의 운명이라고 말하기에는 너무나도 마음이 아팠다.

내 수초 일기장에 아버지에 대한 이야기를 적었다.

'아버지!, 당신이 누구인지는 모릅니다. 그러나, 당신은 제 가슴 속 살아있는 영혼일지 모른다는 생각이 듭니다. 항상 제 꿈결에 커다란 버팀목으로 서있는 나무처럼, 아버지는 그리움 같은 존재일지도, 아버지, 아버지는 흐르는 이 강물처럼 가슴 속 질긴 운명 같은, 이 강에서 영원히 저와 함께 하고 있는지도 모른다는 생각이 듭니다.'

이렇게 적어 놓고는 강 위 하늘을 바라보았다.

밤하늘 별빛들이 마치 맑고 투명한 아버지의 거룩한 영혼처럼 반짝이는 듯했다.

내가 사방을 훑어보면서 큰소리로 외쳤다.

"물방개 할아버지, 어디 계세요."

그런데 할아버지는 대답이 없었다. 다시 목청껏 외쳤다.

"저, 어린 황금연어예요. 할아버지, 물방개 할아버지!"

갑자기 커다란 돌 틈에서 할아버지 목소리가 들려왔다.

"이리로 들어오너라, 일찍 왔구나. 그런데, 새벽부터 웬일이냐?"

어린 황금연어 눈빛이 초롱초롱 빛났다.

"여쭈어 볼게 있어서요. 궁금한 것도 많아서요."

"무엇이 그렇게 궁금하니?"

할아버지 집안에는 온통 잡다한 물건들이 가득히 쌓여 있었다. 아니, 신비스런 물건으로 가득한 요술방 같았다. 내가 먼저 말을 꺼냈다.

"저어, 어제 말씀하신……,"

"무엇 말이냐?"

입안에서 우물쭈물거리다가 말끄트머리를 흐리면서 간신히 꺼냈다.

"제 아버지 같다는……,"

지긋이 눈을 감았던 할아버지가 말씀을 잇기 시작했다.

"그도 어릴 땐, 너처럼 호기심이 대단히 많았었다. 바다로 떠나면서 절대로 이 강엔 되돌아오지 않겠다고 말했다. 너도 그와 비슷한 생각을 갖고 있는 것 같았다. 하지만 이 강으로 되돌아오게 되어 있다. 그것이 연어들 운명이지. 그래, 운명은 개척할 수 있다지만, 자연이 주는 법칙! 그것만은 거부할 수가 없다. 왜냐하면, 너희는……,"

채 말을 잇지는 않으셨지만, 나는 조금은 이해 할 수 있다는 눈빛으로 할아버지를 바라보다가는 또 다른 궁금한 것을 여쭈어 보았다.

"할아버지! 그런데, 돌아와서는 왜 알을 낳기만 하고 죽지요? 또 새의 먹이가 된다고 하셨잖아요?"

"글쎄다……,"

이렇게 말씀하시던 물방개 할아버지는 계속해서 말씀을 했다.

"히말라야 산에 사는 티베트 사람들이 있다. 그들은 죽으면 영혼이 떠나버린 자신의 몸을 독수리란 놈에게 준다. 자신의 몸을 가능한 빠르게 깨끗하게 없애야 다시 빠르게 태어날 수 있다고 믿는다. 바로 '환생'이라고 말한다. 티베트 사람들은 독수리에게 주는 자신의 몸을 '보시'라고 한다. 아가야? 이렇듯 살아가는 모든 것은 우주 만물이 주는 자연의 법칙이다. 그렇다고 두려워할 필요는 없다. 그저, 자연의 법칙에 따라 순응하면서 어떻게 살 것인지를 생각하면 된다."

'영혼? 보시? 환생?' 혼잣말로 고개를 갸우뚱하는 나에게 할아버지는 계속 말씀을 이어갔다.

"아가야, 너무 많은 것을 알려고 하지는 말아라. 언젠가는 네 마음 속 스스로 느껴오는 자연의 물결을 따르면 된다. 또한, 네 자신이 그것을 어떻게 받아들이고 간직하느냐, 그래 그것은 네 마음의 문을 활짝 열고 세상을 보는 것이다."

할아버지는 말씀을 끝내시고는 여러 번 딱지날개를 파드득 폈다 오므렸다 하면서 이내 잠잠해졌다.

"이제 그만 집으로 돌아가거라, 내일도 있으니깐."

못내 아쉬웠지만 돌아갈 수밖에 없었다.

물방개 할아버지가 너무도 피곤해 보였기 때문에 인사를 하고 나서 자신이 살고 있는 집으로 돌아왔다.

그리고 한참 물방개 할아버지가 하셨던 말씀을 곰곰이 생각하면서 알쏭달쏭한 말에 머리를 좌우로 흔들다가는 잠들었다.

늦잠을 잔 나는 아침 해가 높이 떠서야 일어났다.

눈을 비벼대며 다시 물방개 할아버지한테 재빠르게 갔다.

"어제는 많은 생각을 했다. 너에게 줄 새로운 이름을 생각해 보았다. 인간들 세상에도 이름이 있고서야 그 존재의 가치가 있듯이 너에게도 이름이 있는 것이 좋을 성싶다. 이제부터 너를 '혜안'이라고 부르자. 연혜안!”

갑작스런 이름과 함께 껄껄 웃으시며 할아버지를 바라보는 나도 흡족해 하면서 혼잣말로 몇 번이고 속삭였다.

그리고 자신의 이름을 큰소리로 외쳐보았다.

“연…… 혜…… 안……, 할아버지, 무슨 뜻이지요?”

“참된 진리를 볼 수 있는 눈을 가졌다는 뜻이다. 혜안아, 너는 분명히 그런 맑고 투명한 눈빛을 갖고 있다”

“참된 진리를 보는 눈이요?”

“그래, 참된 진리를 볼 수 있는 눈을 가진 너야말로 자연의 법칙에 순응하며 살아갈 수 있다는 믿음을 이 할애비는 느꼈다.”

이렇게 말씀하시는 할아버지 눈빛이 자꾸만 감겨지는 것처럼 보였다.

할아버지께서는 낮은 음성으로 말씀하셨다.

"혜안아, 오늘은 이 할애비 곁에 있거라. 어쩌면 오늘 밤이 너와의 마지막일는지……,"

조금은 두려운 듯 할아버지 눈빛만 바라보고 있었다.

"혜안아, 너는 '바다'로 간다. 난 바다가 어디에 있는지도 모른다. 거기에는 분명 이 강보다 더 넓은 세상이라고 믿는다. 그 넓은 세상에는 더 두려운 것들이 힘겹게 네 앞에서 일어날지도 모른다. 그러나 너무 두려워하지는 말아라. 이 강물 속에도 산이 있고, 해와 달이 있듯이, 바다에도 바로 자연의 법칙에 맞는 똑같은 것들이 있을 거다. 그 법칙대로 산다면 두려울 것이 없단다."

또렷 또렷이 말씀하시는 할아버지의 눈빛에서 빛을 잃어가는 것을 보았다.

"할아버지, 저와의 마지막……."

말을 흐리고 말았다.

그것은 예전에 새떼 공격으로 많은 어린 연어 친구

들을 잃은 슬픔이 아직 내 마음속에 남아있었기 때문이다.

"혜안아, 모든 생명은 자연에서 태어나서는 다시금 자연으로 되돌아가게 되어 있다. 이것도 자연의 법칙이다. 오늘이 바로 그런 날이다. 혜안아, 슬픔을 너무 오래 간직하지는 말거라. 어쩌면 또 다른 만남의 시작일는지 모르니깐…, 혜안아,"
"네."

"단 한 번을 사랑하면 한 번의 기쁨과 슬픔밖에 모른다. 두 번을 사랑하면 두 번의 기쁨과 슬픔밖에 모른다. 백 번을 사랑하면 백 번의 기쁨과 슬픔을 가질 수 있다."

어린 혜안은 그 뜻이 무엇인지 잘 몰랐지만, 많은 사랑을 할수록 좋다는 것을 느꼈다.

"혜안아, 내 마지막 부탁이다. 나를 저 강물 따라 어디로든 흘러갈 수 있도록 했으면 한다."

말씀을 마친 물방개 할아버지는 이내 눈을 감으셨다.

난 울지 않으려고 애써 눈물을 참으면서도 흘리는 눈물은 어쩔 수 없는 듯 자꾸만 고개를 가로 내저으며 흘러가는 강물로 할아버지를 떠내려 보냈다.

어둠 속에서 또 하나의 별똥별이 지고 있었다.

며칠 동안 슬픔에 못 이겨 심한 열병을 앓고 잠을 잘 수가 없었다.

비록 물방개 할아버지와 짧은 만남이었지만, 만남은 항상 한쪽 가슴에 이별의 아픔을 간직하며 살아야 한다는 것을 깨달았다.

만남 뒤에는 이별, 이별 뒤에는 또 다른 만남이 있다는 할아버지 목소리가 낮게 들려오는 듯 잔잔한 물결이 파르르 떨고 있는 듯한 느낌이 들었다.

내가 슬픔에 잠겨서 아파하고 있을 때, 사나흘 밤 낮을 내 곁에서 돌보아주는 진정한 친구 애꾸눈이 있었다.

나는 아무런 말을 하지는 않았지만 마음속으로 속삭이듯 '고마워, 나의 유일한 친구 애꾸눈'이라고 말했다.

애꾸눈이 내 마음을 아는 듯, 수초피리로 슬픔을 위로하는 음악을 들려주었다.

수초피리가 '삘리리 삘리리' 울릴 때, 저 하늘 어느 세상 물방개 할아버지는 일곱 색깔 푸른 물빛으로 되살아나 나의 곁에 있는 듯했다.

수초피리를 연주하는 친구 애꾸눈도 이제는 조금씩 시력을 잃어가는 듯했다.

'고마워 애꾸눈' 마음속으로 말했다.

물방개 할아버지 말씀대로 슬픔을 오래도록 간직하지 않으려고, 나는 다시금 마음을 가다듬고 씩씩하게 일어났다.

'바다에 가면, 거기에서도 당신의 살아있는 숨결을 영원히 들을 수 있다고……,'
바다로 떠나는 날을 손꼽아 기다렸다.

수초 일기장에 물방개 할아버지에 관한 시를 적어 놓았다.

물방개 할아버지!
잠들었던 물방울 모두 일으켜 세워
지는 노을빛에 당신을 묻어 두었습니다.
비바람이 불어도,
눈이 내려도
이제는
이 강 어디에도 없는 물방개 할아버지,

솟아오르는 무지갯빛을
바라보다

메아리로 되돌아오는 강바람과 함께
한 줄기 하얀 빛깔로
온통 새하얀
이 강 어딘가에 눈꽃으로 핀
안개꽃 같은
물방개 할아버지

눈부십니다.

그림 그리는 누나

　나는 사흘이 지나서야 자리를 털고 일어나서 오랜만에 외출을 했다.

　강물 속으로 강렬하게 내리쬐는 봄 햇살이 따사롭게 느껴진다.

　강둑 어귀에는 환한 엷은 미소를 띤 누나가 의자 같은 곳에 앉아 있다.

　나는 헤엄을 치며 강어귀로 물살을 가르며 나아갔다.

　강어귀 작은 언덕 위로 화사한 봄 햇살을 받으며

의자 같은 곳에 앉아있는 누나는 말없이 무엇인가 열심히 관찰하는 듯하면서 연필로 골몰히 무엇인가 그리는 듯 했다.

한참 연필을 들고 손가락으로 이곳저곳을 재었다가 다시 그리기를 반복했다.

"안녕하세요?"

누나는 사방을 둘러보면서 어디서 들려오는 소리인지 가만히 귀를 기울였다.

"여기에요. 강 아래 밑을 바라보세요."

"누구니?"

"저는 연혜안이라고 해요."

"참 신기하네. 물고기가 말을 다하다니?"

"양양내수면연구소에서 배웠어요?"

"그래."

"참, 이름이 혜안이라고 했지? 무슨 뜻이니?"

"진리를 보는 눈이래요. 물방개 할아버지께서 지

어주셨어요. 참 누나라고 불러도 돼죠. 누나 이름은
요?"

"혜미, 이혜미!"

"누나 이름에도 뜻이 있겠죠?"

"물론이지. 별이 반짝거릴 '혜'에 잔물결 '미'다.
그래서 잔물결처럼 반짝거리는 별빛이지?"

"이름이 참 예쁘네요?"

"고맙다. 혜안아"

"누나는 지금 뭐하시는 중이세요?"

"그림을 그리는 중이다."

"그림이요?"

"그래."

"보여 줄 수 있으세요?"

"지금은 안 돼, 나중에 다 그리고 나면, 제일 먼저
너에게 보여주마."

"정말이죠?"

"물론이다."

"혜미 누나?"

"응?"

"그 의자는 참 희한하게 생겼어요?"

"이 의자는 휠체어란다."

"휠체어요?"

"걸어 다니지 못하는 사람들을 위해서 만든 거지. 나처럼 말이다."

"걸어 다니지 못한다고요?"

"그래, 어릴 때 다쳤어?"

"왜요?"

"엄마랑 아빠랑 자동차로 여행을 하다가 그만 사고로, 그 사고로 다리를 움직일 수 없게 되었다."

그 말을 듣는 순간 내 마음이 아파오는 것을 느꼈다. 그리고 한동안 말이 없다가 누나에게 엉뚱한 질문을 했다.

"누나, 사랑을 해 보셨어요?"

"사랑???"

누나는 말이 없었다. 한참 내 눈빛을 바라보았다.

누나 눈빛 속에서 사랑을 말하려고 무척 애쓰는 모습이 보였다.

누나가 말을 했다. 아주 나지막한 목소리로, 그 목소리는 봄눈을 녹이는 듯한 음성으로 들려왔다.

"그래, 사랑은 내 가슴속 어딘가에 깊이 박혀있을 거야. 하지만 사랑을 해 보지는 못했다. 단지 받기만 했다. 엄마와 아빠한테서 말이다."

더 이상 말을 하지 못했다. 누나는 분명 엄마와 아빠, 그 말에 힘을 주어 말하면서 눈물을 흘렸다.

누나가 그린 도화지에 눈물이 떨어지면서 물감이 봄빛으로 번져갔다.

혜안은 누나에게 말했다.

"제가 바다로 떠나기 전에 그린 그림을 꼭 보여주세요?"

누나는 말없이 고개만 끄덕였다.

혜안은 누나와 헤어지고 돌아오는 물길 속에 지는 노을 속으로 누나의 엄마와 아빠 모습이 환하게 웃고 있을 듯한 사랑이 넘쳐나는 것 같았다.

그리고 마음속 문득 이 강으로 오는 낯선 사내, 그 아저씨가 생각이 났다.
그 아저씨가 잃어버린 사랑을 가슴속에 묻어두고, 그 예쁜 누나를 사랑해 주었으면 하는 생각이 들었다.

강에서 바다로, 바다에서 강으로

오늘은 모든 동료들을 불러 모았다.

무슨 일이 생겼는지 모두들 웅성거렸다.

내 옆에 있는 친구 애꾸눈도 마찬가지였다.

"오늘 바다로 간다."

난 단호하게 말했다.

"바다로 간다고?"

모두들 눈만 멀뚱하게 뜨고 말했다.

"그래, 하지만 먼 바다로 가는 것은 아니다. 이 강에서 바다로, 바다에서 강으로 왔다 갔다 하면서 물에 대한 적응 훈련을 해야한다.”

난 큰소리로 외쳤다.
“자, 바다로 출발!”

모두들 신호에 따라 힘차게 꼬리지느러미를 휘저
으며 강 아래로 나아갔다.
남대천 강물과 바다가 만나는 물길에 다다랐다.
나는 잠깐 멈칫거리며 조금은 두려웠다.
하지만 긴 호흡을 가다듬고 바다 물속으로 ‘첨벙’
뛰어들었다.
다른 친구들 모두 나를 따라서 바다 물속으로 뛰어
들었다.
순간 ‘꽥꽥’ 토악질을 하는 소리가 여기저기서 들
려왔다.
나도 많은 구토를 하고 나서야 조금 진정되었다.
바닷물은 너무나도 짰다. 그 물이 왜 강물과 달라

서 짠지는 아무도 몰랐다.

계속 구토 증세를 일으키며 토악질을 너무 많이 한 친구들은 다시 강으로 되돌아가겠다고 했다.

바닷물이 싫다는 이유로 강에 남아서 살겠다는 것이다.

나는 그들을 설득했다.

용기를 내서 조금 참으면 이 어려움도 헤쳐서 더 먼 바다로 갈 수 있다고 말했다.

그러나 용기 잃고 강으로 되돌아 간 연어가 수백여 마리가 족히 넘었다.

그들은 이제부터 연어가 아니다.

그들은 꿈을 잃어버린 불쌍한 낙오자로 이제 강에서만 사는 '육봉형' 물고기로 남는다.

연어도 바다 송어처럼 바다로 가지 않고 강이나 호수에 남아서 성숙하였을 때 '산천어'로 불리는 것처럼……, 그들도 육봉형 물고기로 강에서 살아야 한다.

우리는 계속 반복하며 강과 바다를 드나들었다.

　몇몇을 제외하고 수천 마리 연어 떼가 그래도 바다
로 가는 꿈을 키워가고 있다.

이름 많은 물고기

어느 정도 바닷물에 익숙해졌다.

나는 더 멀고 깊은 바다로 나가보려고 마음먹었다.

모두들 위험하다고 말렸지만, 더 큰 세상으로 나갈 텐데……, 어느 정도 위험은 감수해야 한다고 친구들에게 말했다.

친구들은 걱정스럽다는 표정으로 내 얼굴만 빤히 쳐다보았다.

혼자보다는 둘이 가면 어떤 어려움도 헤쳐 나갈 수 있고, 서로 도와줄 수 있다며 나와 함께 가겠다고 애꾸눈이 말했다.

이렇게 해서 애꾸눈과 함께 먼 바다로 갔다.

가면서 우리는 한 물고기 떼가 움직이는 것을 보았다.

아래턱이 위턱보다 길고 턱 수염이 작지만 하마처럼 생긴 입이 뾰족하게 튀어나왔으며, 눈은 크고 몸의 등쪽 빛깔이 갈색인 물고기가 떼를 지어 어디로 빠르게 가는 중이다.

저 물고기의 살과 뼈, 머리와 오장육부 어느 하나버릴 것이 없어서 사람들이 제일 좋아하며, 옛날 동해 바다에서 태씨 성을 가진 어부가 잡았다고 해서 붙여진 이름.

바로 명태다.

아마도 이 지구상에서 가장 많은 이름을 가진 명태는 그 이름조차 헤아릴 수 없을 정도이다.

내가 알고 있는 이름만 해도 십여 가지가 넘는다.

저 놈을 낚싯대로 잡으면 낚시태 아니면 조태, 그물로 잡으면 그물태 혹은 망태, 바다에서 잡아 얼리면 동태, 안 얼리면 생태, 봄에 잡으면 춘태, 바람에 말리면 바람태, 물에 씻겨서 반 정도 말리어 코에 대나무를 끼우면 코다리, 바짝 말리면 북어, 얼렸다 녹였다 하면서 누렇게 말리면 황태, 먼 바다에서 잡으면 원앙태, 동해 앞바다에서 잡으면 지방태, 그리고 덜 자란 명태 새끼인 노가리 등등이다.

그리고 노란 알은 명란젓, 창자는 창란젓, 아가미 꺼내서 아가미젓, 어느 하나 버릴 것도 없는 이름 많은 명태 한 마리가 우리 곁에 다가와서는
"얘들아, 어서 여기서 빨리 피해라. 지금 우리를 잡으러 고깃배들이 따라오니깐?"
이렇게 말하고는 줄행랑을 쳤다.

우리도 명태의 말을 듣고 그 자리를 재빠르게 피했다.

남대천 강에서 오줌멀리누기 하는 아이들이 생각났다.

'동태 눈깔 맛있다. 가위 바위 보'

지금 여기가 어디쯤인지를 잘 모르겠다.

애꾸눈이 얕은 바닷가 쪽으로 가자고 했다.

아마도 조금은 덜 위험할 것 같다는 생각이 들어서였다.

우리가 온 곳은 속초 앞바다 가장자리이다.

사람들이 웅성거리는 소리가 들려온다.

아니 무슨 일을 열심히 하는 듯 '영차 영차' 하는 소리와 함께 서로 앞으로 왔다가 뒤로 가면 다른 사람이 앞으로 나오는 일을 반복할 때마다 거대한 선박 같은 것이 양쪽으로 움직이고 있다.

들려오는 소리로는 '갯배'라고 말했다.

보잘 것 없어 보이는 갯배! 무슨 드라마 촬영지여서 사람들이 많이 모여들기 시작했다는 소리와 함께 이곳에 오면 꼭 한번은 타고 가야 한다는 말과 함께 사랑하는 사람과 이 갯배에서 손을 잡고 저 긴 쇠줄을 잡아당기면 그 사랑이 영원히 맺어진다는 이야기도 들렸다.

영원한 사랑,

사랑은,

사람들이 풀어나가야 영원한 숙제처럼 들렸다.

갈 수 없는 고향

애꾸눈과 함께 갯배가 왔다 갔다 하는 마을 가
장자리에서 잠시 쉬기로 했다.

정확히 말하자면 이 곳에서 밤을 지새우고 내
일쯤 다시 남대천 강으로 되돌아가자고 했다.

어둠이 깔리기 시작하면서 먼 곳으로부터 반
짝거리는 불빛들이 요란하게 흔들리는 것이 보였
다.

휘황찬란한 불빛, 인간들 세상에는 밤이 없는
듯했다.

더욱 더 어두워질수록 그 불빛들은 더 요란하게 흔들리며 어둠을 밝혔다.

깊은 밤이 되어서야 서서히 휘황찬란한 불빛들이 하나 둘씩 꺼져가고 있을 때였다.

커다란 불덩이 같은 하얀 불빛이 먼 바다를 비추었다가는 다시 가장자리를 반복해서 비추는 것을 보았다.

나는 애꾸눈과 함께 그곳으로 가 보기로 했다. 그곳은 산언덕에 우뚝하게 솟아 오른 거대한 등대였다.

그 등대 불빛이 따뜻한 햇살처럼 느껴졌다.

잠시 후에 '콜록 콜록' 해갈하는 기침 소리가 들려왔다.

그 소리가 들리는 곳으로 아주 조용하게 움직여 가 보았다.

할아버지가 소주를 병째 들이켜 마시고 계셨다.

할아버지를 불러 보았다.

늙은 할아버지는 어디서 들리는 소리인지 여지저기 사방을 둘러보며 '내가 취했나!' 하면서 다시 앉았다.

다시 할아버지에게 큰 목소리로 불렀지만, 할아버지는 잘 못 들었는지 계속해서 귀만 후벼팠다.

"여기 바닷물 속을 보세요."

하고 다시 외쳤다.

그제서야 할아버지는 바닷물 속을 보면서

"네가 나를 불렀냐?, 이상하다 헛것을 다 보다니, 내가 죽을 때가 됐나 보네?"

이렇게 말씀하시고는 다시 자리에 앉았다.

나와 애꾸눈은 할 수 없이 물 속 밖으로 껑충 뛰어오르면서 할아버지에게 인사를 했다.

"안녕하세요. 할아버지?"

할아버지는 눈을 휘둥그레 뜨시고 믿기지 않다는 듯 눈을 연실 비벼대면서 말씀을 했다.

"물……물고기가 말을 하다니, 참 괴이한 일이야."

"놀라게 해 드려서 죄송해요, 전 연어예요. 황금연어……, 그리고 이름은 연혜안이고, 참 여기 제 친구 애꾸눈도 있어요."

"살다가 별일이 다 있네. 하여튼 만나서 반갑구나."

"저도요."

"그런데 여기까진 웬일이냐? 너희는 저 먼 바다로 가야하는데……, 길을 잃어버렸냐?"

"아니요. 지금은 강과 바다를 오가며 적응 훈련 중이예요. 이 친구와 함께 좀 먼 바다까지 나왔다가 내일쯤 다시 강으로 돌아가려던 참이에요."

"그랬구나. 너희는 좋겠구나?"

"뭐가요?"

"자유롭게 다닐 수 있다는 게 말이다."

"할아버지는 자유롭게 다닐 수 없나요?"

"자유롭게 다닐 수야 있지만, 가고 싶은 곳을 갈 수가 없어서 말이다."

"그곳이 어딘데요?"

"고향이다."

'고향'이 말을 듣는 순간, 내 가슴속에 따듯한 온기 같은 것이 낮은 파도의 물결처럼 느껴왔다.

"고향이요! 왜 갈 수가 없나요?"

"배를 타고 바다로 가면 바로 고향땅이 보인다. 그러나 갈 수가 없단다. 칠십 년 넘는 세월이 지난 지금도 같은 형제, 핏줄끼리……,"

할아버지는 말씀을 이어 가지 못했다. 소주만 벌컥 들이키며 반평생 살아오시면서 가지 못하는 고향땅을 꿀꺽꿀꺽 삼키시고 계셨다.

분단이란 글자가 머리에 떠올랐다.

우리와 함께 태어나서 물탱크 제2호차를 타고 비무장지대로 간 친구들이 생각났다.

그들도 우리와 헤어져서 평화를 지키는 아픔으로 그곳에 갔는지도 모른다.

할아버지의 굵은 힘줄과 거친 손이 보였다.

"그럼 할아버지는 어디에 사세요?"

"청호동 아바이마을……에, 나처럼 고향을 잃은 실향민이 모여 사는 마을이지."

"할아버지도 젊었을 때에는 배를 타셨나요?"

"물론이다. 여기서 고향 가까운 곳에서 고기를 잡았지. 남방한계선 끝에서 말이다. 남방한계선과 북방한계선 그곳을 우리는 '분단의 바다'라고 한다. 분단의 바다……,"

분단의 바다, 바다도 강물처럼 흐르기만 할 텐데……, 왜 보이지 않는 금을 긋고 살아야 하는지? 인간은 정말 알 수 없었다.

"할아버지, 꼭 오래 사세요. 그럼 언젠가는 고
향땅을 밟을 수 있을 거예요."

"고맙구나, 혜안아. 너도 저 먼 바다로 나아갔
다 건강한 모습으로 되돌아오길 바란다. 참 애꾸
눈 연어도 함께……."

"네에, 할아버지."

둘은 힘주어 말했다.

"삼년 후, 다시 강으로 되돌아올 때에는 이 등
대 밑에서 만나자. 꼬옥."

우리는 할아버지와 다시 만나기로 약속을 하
고 헤어졌다.

애꾸눈과 함께 강으로 되돌아가는 길에 어머
니가 아이의 손을 잡고 북녘 땅을 바라보고 서있
는 동상을 보았다.

어느덧, 아침 해가 바다를 온통 붉게 물들였다.

물들인 바다 속으로 나는 갈매기를 바라보며, 바다는 한 송이 해당화 꽃으로 피어난 것처럼 보였다.

봄 햇살에 사랑은 피어나고

바다는 끝없이 넓었다.

이틀 후면 우리는 이제 머나 먼 바다로 여행을 해야 할 것이다.

우리 친구들 몸에 있던 팔마아크 무늬가 사라졌다.

하지만 나의 황금빛은 여전히 또렷하게 남아있다.

난 강어귀로 가기로 했다.

그동안 만났던 누나에게 작별 인사도 해야겠지만, 누나가 그린 그림이 보고 싶었다.

강어귀로 가는데 나를 찾는 누나의 목소리가 아주

크게 들려왔다.

"혜안아, 혜안아."

"누나, 찾았어요. 저도 누나를 만나러 오는 중이었어요."

"그랬구나. 요즘은 왜 안 보였니?"

"바다에 갔다 왔어요."

"바다에…, 자 보여줄게 있어. 이것 봐라."

누나는 그림을 들어 보여주었다.

그림 속에는 노을 지는 강물 속으로 헤엄을 치며 황금빛으로 물들인 내 모습이었다.

또 다른 한 장의 그림은 누나와 함께 이야기를 나누며 장난치는 내 모습을 그렸다.

난 누나 그림이 너무 마음에 들었고, 그림을 내 마음속 깊이 간직했다.

어디서 '혜미'를 부르는 소리가 들렸왔다.

분명 어디서 들었던 목소리, 바로 그 아저씨였다.

이 강가에 왔던 낯선 사내 목소리가 틀림없다.

아저씨는 내게 다가와서는

"잘 지냈니?, 어린 연어야"

하고 인사를 했다.

"아참, 이제는 어린 연어가 아니라, 청년 연어라고 불러야겠구나?"

"네에."

하고 인사를 하며 대답했지만, 아저씨와 누나는 이미 오래전부터 알고 지내는 사이처럼 느꼈다. 좀전에 분명히 '혜미'라고 정답게 누나 이름을 불렀다.

누나는 행복해 보였다. 아저씨도……,

"혜안아, 우린 여기서 만났다. 그리고 앞으로 결혼도 할 거야."

"결혼?"

나에게는 생소한 말처럼 들렸다. 하지만 '결혼'이란 말에 행복함이 묻어있었다.

"응, 다 네 덕분이야."

"제가 뭘…???"

"아니다. 우리 둘은 네 이야기를 하면서 친해졌다."

"제 이야기요?"

"그래, 말하는 물고기를 본 적이 있느냐고 말이다."

웃으시는 아저씨와 혜미 누나 모습이 정말로 행복해 보였다.

저 행복함이 바로 사랑이라는 생각이 들었다.

아저씨와 혜미 누나 웃음소리를 들은 나무와 꽃들은 하나 둘씩 꽃 봉우리를 터뜨리며 따뜻한 봄 햇살에 사랑이 피어나는 듯했다.

"아저씨, 혜미 누나?"

"응?"

"이제는 작별을 해야 될 것 같아요. 전 이틀 후면 먼 바다로 떠나요?"

아저씨와 혜미 누나는 아무런 말을 하지 않고 나를 바라보기만 했다.

혜미 누나 눈에서 눈물이 쏟아졌다.

아저씨는 손수건으로 혜미 누나 눈물을 닦아주었다.

내 눈에도 눈물이 고여 있었지만 애써 눈물을 참으며 말했다.

"제가 태어난 곳을 떠난다는 것이 슬픔이에요. 하지만 다시 되돌아올 수 있는 어머니 품안이 이 강에 있어서……, 그리고 저를 사랑해 주었던 아저씨와 누나가 있어서 행복했어요."

"혜안아, 조심해서 다녀와."

아저씨가 울먹이면서 말했다.

혜미 누나도

"네가 보고 싶을 거야. 꼬옥 편지를 써서 네게 보낼게."

아저씨와 혜미 누나와 작별 인사를 하고 돌아왔다.

돌아서 와보니 애꾸눈이 앓고 있었다.
바다 여행을 다녀와서 피곤함이 몰려온 듯하다.

내 진정한 친구, 애꾸눈 연어

며칠 째 앓고 누워있던 애꾸눈이 말을 했다.

"혜안아, 난 바다로 갈 수가 없을 것 같다."

"아니, 왜?"

"내 눈이 점점 썩어들어 가고 있어."

"애꾸눈, 넌 나와 함께 바다로 갈 수 있어."

애꾸눈은 고개만 가로 젓고 있을 뿐, 아무 말도 하
지 못했다.

애꾸눈에게 용기를 주고 싶었다.

"애꾸눈, 넌 나의 진정한 친구다. 난 절대 친구를

버리고 여기를 떠나지 않아. 넌 나와 함께 바다로 갈
수 있어."

"혜안아, 기억하니?"

"무얼?"

"예전에 물방개 할아버지를 떠나보낼 때."

"응."

"그래, 그때처럼 너무 슬퍼하지 말았으면 해."

"왜 그런 소리를 하는 거야."

"나도 운명을 다 한 것 같아."

더 이상 아무 말도 못했다.

하지만 꼭 애꾸눈과 함께 바다로 가겠다는 마음만
결심했다.

"혜안아, 오늘은 내 곁에 있어 줘. 그리고 나도 너
와 함께 바다로 가고 싶어. 내 운명이 다하면 내 눈을
갖고 함께 바다로 갔으면 해. 그럼 바다를 볼 수 있잖
니?"

난 아무 말도 하지 못했다.

긴 침묵만이 강물 속으로 흐르고 있었다.

"혜안아, 그동안 고마웠어, 작은 여행이었지만, 그 래도 난 너와 함께 바다를 보았다는 것만으로 행복하 다. 넌 나의 진정한 친구야."

강의 하루는 고요하듯 긴 침묵만 흐르는 것 같았 다.

아무 말이 없는 애꾸눈 눈빛이 흐려졌다.

그의 눈가에 눈물이 흐르면서 끝내 눈을 감았다.

'넌, 저 푸른 은하수 강에서 나를 바라보며 헤엄을 치고 있겠지. 애꾸눈, 잘 가'

이렇게 혼잣말로 인사를 했다.

그리고 애꾸눈의 썩은 눈알을 입으로 삼켰다.

애꾸눈의 눈빛과 함께 바다로 가기 위해서였다.

남대천 강 하늘 속으로 마지막 별빛이 빛을 내뿜으며 날아가고 있다.

또 하나의
별똥별이 사라졌다.

바다로 가는 황금연어와 이슬

　모락모락 아지랑이 피어나는 듯한 봄 향기가 바람을 타고 낮게 강 쪽으로 불어오고 있다.

　강어귀에 얇은 살얼음이 풀리면서 남대천 강둑에도 꽃 봉우리가 아주 소담스럽게 돋아났다.

　애꾸눈 생각으로 잠을 제대로 자지 못하고 이른 새벽부터 부시시 눈을 뜬 나의 눈망울 속으로 안개가 자욱하게 피어오르고 있다.

　강에도 봄을 재촉하는 생명체들의 미세한 움직임도 엿보인다.

내가 물표면 위로 고개를 내밀었을 때, 옅은 어둠 속 새벽하늘 별빛들이 흐릿하게 반짝이며 인사를 하는 듯 제자리에서 빙글 빙글 맴돌다가 점점이 하늘에서 멀어져 갔다.

사라져가고 있는 별들에게 '따뜻한 불빛 아저씨! 오늘밤에 다시 만나요.???' 되묻듯 마음속으로 인사를 나눴다.

저 '따뜻한 불빛 아저씨들'은 어디에서 오고, 어디로 가는 걸까?

머리를 좌우로 갸우뚱거리고 있을 때였다.

강어귀로 향하는 작은 하얀 불빛이 반짝이며 날아가는 것을 보았다.

'저 하얀 불빛은 뭘까?'

궁금해졌다.

작은 하얀 빛이 날아가는 쪽으로 헤엄을 치며 강어

귀 쪽으로 갔다.

눈치를 채지 못하도록 살며시 다가갔다.

하얀 빛은 푸른 이파리에서 부르르 떨고 있었다.

아주 작은 하얀 빛에게 작은 목소리로 물어 보았다.

"넌 누구니?"

"난 이슬이야."

"이슬? ……, 이름이 참 예쁘다."

"고마워. 그런 너는?

"난 연어야. 하지만 우리 친구들은 나를 '황금연어' 라고……, 다들 그렇게들 불러."

"황금연어!"

"그래, 하지만 황금연어보다 더 아름답고 희망이 있는 새로운 이름이 있단다."

"그게 뭔데?"

"혜안이라고……."

자신 있게 힘주어 말했다.

"혜안!!!"

'혜안' 이라는 말소리에 한동안 숨을 죽이고 있던 이슬이 다시 물어 보았다.

"무슨 뜻이지? 네 아버지가 지어 주셨니?"

이슬의 물음에 내 눈가에 작은 이슬방울이 맺히는 듯 자꾸만 고개를 절레절레 흔들었다.

강바람에 풀이파리가 흔들리며 잠시 침묵이 흘렀다.

이슬이 다시 물어 보았다.

"왜 그러니?"

오랫동안 이슬의 눈빛을 바라본 뒤에 말했다.

"이 강 상류에 살고 계셨던 물방개 할아버지께서 '진리를 볼 수 있는 눈' 이라는 의미로 지어 주셨단다."

"진리를 볼 수 있는 눈?"

"응"

둘은 아무 말도 하지 않고 서로의 눈빛으로 말하는 듯했다.

강은 고요 속에 안개꽃이 일어서고 있다.

한참 후에 이슬이 말했다.

"혜안아, 할아버지 말씀처럼 네 눈빛은 투명하고 참 맑아 보여."

"고마워. 이슬아."

"그런데 그 물방개 할아버지께서는 아직도 강 상류에 살고 계시니? 한번쯤 만나 뵙고 싶은데……."

이슬의 물음에 대답할 수 없었다. 그리고는 아주 나지막한 소리로 이슬에게 대답했다.

"이슬아, 물방개 할아버지는 영영 만날 수 없어."

"아니, 왜?"

이슬은 무척 놀랍고 당황한 표정으로 숨가쁘게 되물어 보았다.

"물방개 할아버지께서 어디로 여행을 떠나셨니?"

나는 머리를 좌우로 흔들면서 다시 말을 이어 갔다.

"물방개 할아버지는 내게 '세상을 살아가는 진리'를 말씀해 주시고는 며칠 전에 눈을 감으셨어."

“정말 안됐구나! 혜안아.”

이렇게 말하고는 이슬은 어느 곳에다 눈빛을 두어야 할지 몰랐다.

이슬의 눈빛에서 아주 미세하게 떨어지는 눈물방울이 보였다.

눈물방울이 떨어질 때마다 이슬의 몸이 한층 더 작아지는 듯했다.

다시 말을 이어 갔다.

“물방개 할아버지는 내게 자연에 순응하며 살아가라고 말씀하셨어. 그것이 살아가는 진리라며……, 이 강물 속에도 산이 있고, 해와 달이 있듯, 어디에 가든 그곳에는 항상 내가 보았던 자연의 친구가 있다고, 그 자연의 친구들을 사랑하라고 말씀하셨거든…….”

이슬은 고개를 끄덕이며 자신이 살고 있던 마을에서도 물방개 할아버지께서 말씀하신 것처럼 자연의 진리가 있었다는 것을 새롭게 느꼈다.

"이슬아, 넌 어디에서 왔니?

"난, 태백산 이슬 마을에서……."

"태백산 이슬 마을? 그곳은 어디에 있니?"

"이곳에서 아주 먼 곳이야. 그곳에는 나 같은 이슬들이 별들과 함께 살고 있어."

"별들하고……,???"

"그래, 우리는 별들의 분신이기도 하지. 그래서 우리 마을에는 살아서 천년, 죽어서도 천년을 사는 아주 커다랗고 오래 된 주목나무가 울창한 숲을 이루고 있어. 주목나무 붉은 열매는 밤마다 별들을 내뿜어 내고. 별들이 하늘로 올라가면서 흩어지는 불빛 속에서 우리 이슬은 태어난다. 주목나무 숲이 이루어진 하늘 위에 살면서 우리들은 밤마다 어디로 여행을 떠날지 별들하고 이야기를 나눈단다."

"별들하고 이야기를 한다고……?"

"그래."

"별들에 관한 이야기를 들은 적이 있어?"

"어떤 이야기……?"

"물방개 할아버지처럼 돌아가신 영혼들이 하늘나라로 되돌아가서 별이 된다는 이야기를 들은 적이 있어?"

"혜안아, 네 말이 맞아. 하루에도 수십 만 개의 별빛들이 태어났다가는 우리 같은 이슬의 몸으로 바뀌어 사라지고 있지만, 너 같이 따뜻한 마음을 가진 생명체에게는 그 영혼의 별빛이 항상 존재하고 있단다."

이슬이의 말대로라면, 물방개 할아버지도 별빛이 되었다가는 이슬이 되어 되돌아올지 모른다는 생각에 벌써부터 가슴이 두근두근거리며 온몸이 떨리는 듯했다.

내 마음 안에 이미 이슬이 되어 되돌아오신 물방개 할아버지가 곁에 앉아서 말씀하시고 있는 듯한 느낌이 들었다.

이슬은 혜안이의 따뜻한 마음과 물방개 할아버지에 대한 그리움으로 가득하다는 것을 한눈에 알 수 있었다.

강에는 안개꽃이 걷히면서 물속에서 아침 해님이 떠오르기 시작했다.

이슬은 다시 말을 건넸다.

"혜안아, 이제는 작별을 해야겠구나?"

깜짝 놀랐며

"작별을 해야 한다고……???"

"그래."

"어디로 갈려고?"

이슬은 고개를 가로 내저으며 흔들었다.

"어디로 갈려고 하는 것이 아니라……,"

"그러면……?"

"혜안아, 네가 말한 물방개 할아버지처럼 난 해님이 뜨는 아침이 되면 이 세상에서 살 수가 없단다."

"그건 왜?"

"난, 작은 물방울에 불과해. 그리고 그 영혼의 생명이 끝난 거야."

"그럼 영혼이 끝난 작은 물…방…울!!!"

이슬이가 말하는 의미를 정말로 몰랐다. 그러나 예전에 물방개 할아버지께서 '만나면 헤어지고, 헤어지면 또 만난다는' 말씀이 문득 떠올랐다.

이슬이 힘주어 말했다.

"혜안아, 슬퍼하지 마. 내가 네 곁을 영원히 떠난다 할지라도 넌 내가 처음이자 마지막으로 만난 참 좋은 친구였다."

이렇게 말하고는 이슬이도 더 이상 아무런 말을 할 수가 없었다.

강물 속에서 붉게 떠오르는 해님은 이미 하늘로 치솟아 올라 자연의 모든 친구들을 하나, 둘씩 깨우기 시작했다.

해님이 더 높은 하늘로 치솟아 오르고 있을 때마다 봄바람에 살랑살랑 흔들리는 파릇한 풀잎에 매달려 있는 이슬이의 몸이 자꾸만 작아지는 모습을 바라보면서 마음이 더욱 아팠다.

"네 몸이 자꾸 작아지고 있어."

“나도 알아. 너도 이제는 집으로 돌아가야지. 아빠와 엄마가 기다리고 계시잖니?”

한참 머뭇거리다가 말했다.

“난, 엄마 아빠가 안 계셔.”

“아니, 왜?

놀란 듯이 혜안에게 다시 물어 보았다.

“우리 연어들은 강에서 태어나서 아주 어렸을 적에 바다로 간다. 바다에 가서 어른이 될 때까지 살다가는 다시 이 강으로 되돌아와서 알을 낳자마자 생을 마감한다. 그게 우리 연어들의 운명이야.”

“…… ……,”

“그래서, 엄마와 아빠가 누군지 모른단다.”

“미안해. 네 아픈 마음도 모르고 물어 보았어?”

“괜찮아, 사실은 난 바다에 가고 싶지 않았어. 두렵기도 하고……, 이 강에서 살다가 이 강에서 잠들고 싶었지. 그런데도 난 꼭 바다로 가게 되어 있어.”

“그건 왜지?”

"그건 나도 몰라."

"그럼, 바다가 어디에 있는지는 아니?"

"어디에 있는지도 몰라."

"어디에 있는지도 모른다면서……, 바다에는 어떻게 가려고?"

"모르겠어. 이곳에서 가까운 바다는 가 보았지만,"

"그럼, 가기 싫은 곳을 왜 가야만 하니?"

"물방개 할아버지께서 말씀하셨지."

"뭐라고?"

"그게 내 운명이래. 예전에도 이런 말을 했었던 어린 연어를 만난 적이 있었다고, 혹시……,"

"혹시, 뭔데?"

"응, 내 아버지일는지도 모른다고, — 나처럼 이 강에 머문다고 했다가는 이내 바다로 떠났다고 했어. — 물방개 할아버지한테서 처음으로 아버지란 말을 들었어."

"어떤 느낌이었니?"

"가슴속에서 뭉클한 울음이 솟아날 것처럼 숨이 꽉 막히는 것 같은, …… 뭐라고 말할 수 없는 그런 느낌이었어."

"나도 너처럼 그랬을 거야. 혜안아?"

"응."

"이제는 어디로 갈거니?"

"아버지께서 살았던 '바다'로 갈 거야?

"바……다!"

"그래."

"바다가 어디에 있는지 모른다고 했잖아?"

"물방개 할아버지 말씀대로 난 바다로 가게 되어 있다고 했어. 그게 '자연의 진리'라고, 이제는 그 '바다'를 향해 힘차게 떠날 때가 되었다는 느낌을 받았어."

혜안을 부러워하는 눈빛에서 이슬의 생명이 꺼져가고 있는 모습을 바라보며 내 마음이 더욱 무거워졌다.

"혜안아? 너와 함께 바다로 가고 싶어!"

"정말이니?"

"응."

"그럼, 함께 바다로 가자!"

난, 너무나 기뻤다.

기쁜 마음도 잠시 어떻게 해야 이슬이와 함께 바다로 갈 수 있을지 막막했다.

"어떻게 해야 함께 바다로 갈 수 있지?"

"내가 네 마음속 '따뜻한 눈물'이 되면 될 거야."

"내 따뜻한 눈물이 된다고?"

"그래. 이 세상에서 가장 '따뜻한 눈물'로 새롭게 태어나는 거야. 그리고 네 맑은 눈동자에 영원히 마르지 않을 '눈물의 샘'이 될 거다."

"영원히 마르지 않는 눈물의 샘!!!"

믿어지지가 않는 듯 몇 번이고 같은 말을 반복하고 있던 순간, 이슬이가 봄바람에 떨고 있는 파아란 풀잎에서 강물 속으로 '풍덩'하고 몸을 던졌다.

강물에는 아주 작은 물방울 동그라미가 그려지더니 내 몸속에 나지막한 소리가 들렸다.

"혜안아, 이젠 너와 난 한 몸이야?"

"그래, 이슬아. 내 몸속에서 너의 따뜻한 눈물을 느낄 수 있어."

이슬은 혜안의 영원히 마르지 않을 따뜻한 눈물로 다시 태어났다.

혜안과 이슬은 처음 태어날 때 마음처럼 서로의 마음 안에 뭉클한 눈물이 따뜻한 핏기처럼 돌고 있는 것을 느꼈다.

이슬은 아주 행복한 말로 내게 말했다.

"난, 지금부터 바다의 눈물이 될 거야? 네가 기쁠 때나 슬플 때나 네 영원히 마르지 않는 샘처럼 따뜻한 눈물로 말이야?"

이슬의 마음을 알고 있다는 듯 고개를 끄덕거리며 흐르는 강물소리보다 더 큰소리로 우렁차게 외쳤다.

"너와 나는 한 몸, 자! 바다로 가자."

둘은 한 몸이 되어 바다로 향해 힘차게 꼬리지느러미를 흔들 때마다, 아침 해님이 동해 바다로 가는 물길에 따스한 햇살을 내리쬐어 주었다.

황금빛 물든 강보다 혜안이의 몸에서 뿜어 나오는 황금빛이 꼭 해님 같아 보이기도 했다.

이슬은 혜안이가 험난한 바다 여행을 마치고 무사히 엄마의 품안, 엄마의 강으로 되돌아 올 것을 기도하며, 이제 저 먼 북태평양 바다로 향하여 힘차게 지느러미를 흔들며 가는 모습이 듬직해 보였다.

혜안이 뒤를 따라 수천 마리의 연어가 힘차게 물결
을 타고 바다로 바다로 나아간다.

 오늘은

기어이

북상
하리라.

창작그림동화책 3
황금연어 ①

초판 1쇄 인쇄 2019년 09월 19일
초판 1쇄 발행 2019년 09월 25일

지은이_박성호
펴낸이_박성호

편집디자인_도서출판 한결
삽화_신영우

펴낸곳_도서출판 한결
등록번호_제198호
등록일자_2006년 9월 15일

강원도 춘천시 공지로 121-1(석사동 310-5 삼원빌딩)
대표전화_033_241_1740 **팩스**_033_241_1741
전자우편_eunsongp@hanmail.net

ISBN_ 978-89-92044-47 9 03810

ⓒ 박성호

이 책은 강원도 강원문화재단 후원으로 발간 되었음.